AF313036

# LES ROYALLES OMBRES,

*OV HENRY LE GRAND, ALEXANDRE,*

*ET CESAR, RACONTENT SVCCINTEMENT*

*LEVR VIE AV POETE ORPHEE,*

*QVI ADIVGE LE PRIX*

*AV PLVS DIGNE,*

*POVR*

L'annuel du Tres-Chreſtien, & incomparable Monarque, HENRY le Grand IIII. ROY de France, & de Nauarre.

De L'inuention de N. Chreſtien Sieur des Croix.

*A PARIS.*

Chez IEAN IESSELIN ruë Sainĉt Iaques à L'image Sainĉt Martin, & en ſa boutique au Palais en la gallerie des priſonniers.

*Auec Permiſſion de la Cour.*

M. D. C. X I.

# A MONSIEVR DE MONGOMMERY

## CHEVALIER, BARON D'ECOVCHE, SEI-
### GNEVR CHASTELAIN DE DVCE, CHERENCE,

Champcernon & Gentilhomme ordinaire de la
Chambre du Roy, & Gouuerneur pour
ſa maieſté des ville & Château de
Pont Orſon.

ONSIEVR,
LES *Muſes ne ſont Ingratés de la courtoiſie
qu'elles reçoiuent, Henry le grãd, & beaucoup
d'autres monarques, pour les auoir cheries, reuiuront touſiours glorieux. Et elles s'accordent
volontiers auecques les armes, & les plus cele-
bres Capitaines les ont reuerées. A la ruine de
Thebes, Alexãdre empeſcha que la maiſõ de Pindare ne fut pilleé. Vos
illuſtres ayeux, dont Roger, & Huon de Mongommery qui viuoiẽt
il y a plus de 620. ans les obligerẽt auſſy par leurs biens faitƵ. Tãt de
monaſteres dont ils ont eſté fondateurs ſignalent autant leur gloire,
que leurs exploitƵ guerriers, & les aliances de Bourbon, de Caſtille,
& de Lorraine: mais pour auoir honoré les ſciences, leur nom eſt immortel. Legitime ſucceſſeur de ces genereux Caualiers, heritant de leur
proüeſſe, vous les imiteƵ auſſi cheriſſant les nourriçons des Muſes,
dont ie vous offre quelques fruits que i'ay cueilliƵ dans leurs agrea-*

bles vergers, arrosez des larmes publiques, que la mort de noſtre grand Roy nous fait eſpandre. Ce ſont ces vers, de qui le ſuiet lugubre ne vous eſt moins ſenſible que l'amour de ce victorieux Prince vous eſtoit recommandable. Ainſi contribuant mes pleintes à vos regretz, ie les vous dedie, ſachant qu'ils ne vous ſeront moins agreables que ie tiens douces les affections de demeurer,

Monſieur,

Voſtre tres-humble ſeruiteur
N. Chreſtien les Croix.

## CRHESTIEN.

D'Où viens tu maintenant pauure Muse esplorée
Tristement éperdue, & toute déchirée?
Que cherche tu de moy? pauurette! que veux tu
En ce temps miserable où morte est la vertu?
Ne me reuien iamais, car il ne faut des carmes
A celuy dont l'humeur se change toute en larmes

Retourne donc chetiue, he Dieu! ne sçais tu pas
Qu'en l'extréme douleur deplaisent tes apas?
Cet indomptable Heros, ce monarque des gloires,
Qui r'animoit tes chants au bruit de ses victoires,
Et te donnoit la vie: Ores dans le Cercueil
Te semond d'etoufer & ta vie, & ton dueil.

Va pleindre ton malheur, celuy n'a que disgrace
Qui vient importuner l'hoste qui le dechasse,
Quoy? tu ne veux partir? il semble que tu veux
Offrir au Grand Henry quelques notables vœux,
A cet alme Cesar, bon pere de la France,
La terreur des meschans, & des bons l'asseurance:
A cela ie t'entends, ce saint vœu tu luy dois,
Si tu n'entreprends trop pour ta debille vois;
Au temeraire fait il n'y a point d'excuse,
Car qui trop entreprend, de son mestier abuse.
Mais aussi n'est-il point de trop foible pouuoir
Qui prend pour l'escorter vn si iuste deuoir:
Chere Muse, dy donc? mais helas! peux tu dire
En cet œuure aucun fait que chacun ne souspire?
Sont ce quelques vertus, quelque ouurage obscurcy
Qui ne soit sceu de tous, & qu'on ne conte icy?

Ha non, tout void, tout sçait, & tout le monde narre
Les faicts du grand Henry, des Cieux vn tresor rare:
Tais toy donc, & t'en va? non fay, reuien à moy,
Le deuoir me commande à me seruir de toy,
Te carresser, t'entendre en choses si louables,
Puisque les vertus sont à chacun venerables.

## CLION.

Le regret qui me tuë empesche mon parler,
Vne extreme douleur ne se peut pas celer:
Nostre Helicon de dueil a la cime couuerte,
Et mes sœurs ont de mesme aux pleurs la porte ouuerte,
L'ennuy, le desespoir, compagnons de la mort,
Nostre bande sacreé ont attainte si fort,
Que si nous n'estions pas de nature immortelles,
Nous serions le butin des trois Parques cruelles.

Henry, le grand Henry, ce monarque tout bon,
Branche illustre du sang de l'inuaincu Bourbon,
Nous a laissé mourant, des tristesses funebres,
Qui ne nous font rien voir, que d'affreuses tenebres;
Ne sois donc estonné, si triste tu me voix
Arriuer pres de toy d'vne tremblante voix:
Ce n'est pour t'inuiter à te chanter ses gloires,
L'eternel ornement des fidelles histoires:
Mais pour plaindre auec toy nostre commun malheur,
Et tristes souspirer nostre iuste douleur,
Car tu n'oserois pas aupres de tant de Cignes,
Dans tes rustiques airs chanter ses vertus dignes.

## CHRESTIEN.

Tousiours estce beaucoup d'oser vn grand effect,
Jaçoit qu'on ne le rende entierement parfaict:
Si ie ne suis de ceux dont les plumes isnelles,

Portent leurs doux accents aux voutes eternelles,
Mes agrestes chansons feront au moins sçauoir,
Que l'on ne doit manquer au naturel deuoir.

## CLION.

Puis-que ce saint desir diuinement te pousse,
D'auoir du grand Henry la memoire si douce,
Et pour contribuer à nos frequents regrets,
Je te decouuriray quelqu'vn de nos secrets,
Pour entonner des vers riches de ses louanges,
Qui ne meritent moins qu'vn doux concert des An-

## CHRESTIEN.            (ges.)

Muse ie t'en suply, & que ie puisse ainsi
Moiennement tromper mon angoisseux souci:
Car depuis que la main traitrement parricide,
Jnstrument de l'enfer, eut commis l'homicide
Que ces bourrelles sœurs nous auoient conspiré,
Vn regret ennuieux m'a l'esprit martyré:
Rien que dueil, rien que nuitz, rien que morts languissantes,
Ne m'ont accompagné pour nos pertes cuisantes,
Ce grand Roy gist enclos dans l'obscur d'vn tombeau,
Qui fut de tous les Roys, le lustre le plus beau,
Qui pouuoit dominer toute la terre & l'onde,
Et ses Lis arborer par tous les coins du monde,
        Tant de genereux faicts, immortels estimez,
Nous laissent le penser de les auoir aimez.
Et son alme valleur à la clemence vnie,
Rend malgré les saisons nostre plainte infinie.
        Ainsi donc souspirant nostre sort malheureux,
Fay moy peindre quelqu'vn de ses faitz genereux:
Car ny l'aueugle chantre en vne autre Iliade,
Ny celuy qui si haut enfla son Aeneade.

Ne pourroient raconter en dix siecles d'années
Ses actes, qui sembloient regir les destinées.
  Il me suffira donc de dire seulement
Que la Cleménce auoit en luy son Element;
Et que si sa valleur n'eut iamais de seconde,
Sa iustice, & sa foy luisoient seules au monde.
Ie te veux seconder en ce pieux desir:
Nous pouuons pour ce fait vn bon moyen choisir
Pour plus contens nous rendre, en soulageant ta peine.
  Il faut que maintenant Orphée icy i'ameine,
Afin que sus son Luth il fredonne le los
De nostre Grand Henry le Prince des Heros:
Ce poëte de Thrace aux plaines Elisées
Chante le nom fameux des ames plus prisées;
Mais ie l'euoqueray, comme presentement
Il viendra satisfaire à mon commandement.
  Toy legitime fils de ma sœur Calliope
Qui t'aprist les secrets du mont à double croupe,
Diuin harpeur, à qui toutes mes autres sœurs
Feirent boire à longs traicts de nos sainctes douceurs,
Et qui sur Citheron par tes chansons nombreuses
Aprtuoisois les Ours dans leurs cauernes creuses,
Si qu'à l'air de tes chants, les rochers, & les bois,
Demeuroient attachez a ta diuine voix,
Mariant à ton luth ceste douce armonie
Qui charme les esprits d'vne douce manie:
Quitte pour quelque temps l'Elisean seiour,
Et reuien voir encor le flambeau donne iour
Pour chanter les vertus d'vn indompté Monarque,
Dont le celebre nom viura malgré la Parque.

ORPHEE.

Muse qui m'enyuras sur le mont Pymplean,

Auec

Auec tes autres sœurs, du nectar hyblean,
Qui le soir, le matin, dessus vos riues molles,
Me conduisiez enfant dans vos saintes carolles,
Ie veux bien satisfaire à ton commandement:
Mais de chanter le los du Grand Henry, comment?
Iacoit que l'vniuers sur tous les Rois l'estime,
Qu'il fust aussi vaillant qu'heureux, & magnanime,
Qu'au fort des grands exploits il fust vn autre Mars,
Defiant inuaincu mille & mille hazards,
Qu'il ait rendu la France, & ses Estats tous calmes,
Faisant florir les Lis à l'ombre de ses palmes,
Comme tous les Heros de l'antique saison
En ont la cognoissance en la palle maison,
Offrant à ses vertus les honneurs & les gloires,
Qu'il s'aquist moissonnant le fruict de ses victoires:
Si est-ce que ce Roy qui l'Asie dompta,
Et l'indien perleux vaillamment surmonta
Veut que son los ie chante, & cét autre, que Rome,
Pour son grand Empereur si hautement renomme,
Cesar qui tant de peuple assubiectit à luy,
Me semond d'entonner sa louange meshuy:
Tous deux rendent leurs faicts plus dignes de memoire,
Que ceux du Grand Henry, dont viuante est la gloire:
    Ils disent qu'ils ont plus de hauts desseins parfets
Que luy, dont pour iamais reuiuront les hautsfets.
    En vn acte celebre, où le public ordonne
Qu'au plus digne d'honneur le triomphe l'on donne,
Il faut sçauoir les faits, les bontez, les vertus,
Les honneurs asseurez, & les moins debatus.
    Or faites donc du Ciel le Grand Henry descendre,
Puis ie feray venir Cesar & Alexandre,
Afin que racontans leurs actes vertueux,

B

Le prix de leur valleur soit iugé deuant eux,
Bien qu'il faut que chacun au Grand Henry le cede?
Puisque son seul honneur, tous les honneurs excede.

### CLION.

C'est tresbien aduisé, ie le veux faire ainsi,
Le glorieux Henry sera bien tost icj.

O qui trois fois heureux au Ciel te rassasie
Du Nectar sauoureux, de la saincte Ambrosie,
Grand Henry, l'ornement de tout le monde entier,
Qui les ambitieux sceuz si bien chastier,
Descends ores, descends, pour auoir la victoire,
De deux grands demidieux qui contestent ta gloire.

### HENRY LE GRAND.

Comment sœur D'Apollon, les ombres de là bas
Osent-ils contre moy susciter des debats?
Si ces deux grands Guerriers, Cesar, & Alexandre,
Osent auecques moy de la gloire contendre,
Ie les veux surmonter, puis qu'vn seul de mes faicts
Merite plus qu'ils n'ont d'actes vaillans parfaicts.

### CLION.

Grand Roy qui as remplj la terre de merueilles,
Pour n'auoir de vertus à tes vertus pareilles:
Alexandre, & Cesar, diront leurs faicts guerriers,
Esperans de flestrir tes verdoians lauriers:
Et le Chantre de Thrace entendant vos discordes,
De sa lire aux sept tons mignardera les cordes,
Et celuy qui le plus d'honneur a merité,
Son los sera chanté iusqu'à l'eternité:

### ORPHEE.

Voici ces Empereurs, Cesar, & Alexandre,
Dont l'immortel honneur a sceu par tout s'épandre,
Racontez nous Grands Roys, vos actes signalez,

Que congneurent iadis les peuples reculez;
Celuy qui plus merite, & d'honneurs , & de gloires,
M'entendra resonner ses insignes victoires:
Acordant à mon luth , & mon art , & ma vois
Pour publier tousiours le los d'vn de vous trois.
  Commencez, ô Grand Roy, qui veinquistes les Perses
Racontez vos hauts faicts, vos conquestes diuerses:
Puis vous, l'honneur de Rome inuincible Empereur,
Des peuples les plus fiers la commune terreur,
Rapporterez aussi les hautes entreprises
Qu'heureux, & valleureux, vous auez à fin mises.
  Apres, ô Grand Henry! les delices des Cieux,
Vous nous raconterez vos actes glorieux.

### ALEXANDRE.

  Ie le veux, bien qu'Orphée ait contre moj rancune,
Depuis que ie veinquis Thebes, & sa fortune;
Mais pour iniustement me tenir à mespris,
Il se verra contraint de m'adiuger le pris
Que ie merite seul, par ma vertu supresme,
Qui n'a rien de pareil à elle, qu'elle mesme.

### CESAR.

I'accepte le partj, bien qu'Orphée soit Gregois,
Et choisi pour arbitre aux discords de nous trois,
Ores qu'il me haisse, & qu'il soit mon contraire,
Pour auoir rendu Grece à Rome tributaire,
Tousiours mon droit plus fort que toute passion,
Luy fera rechanter mon los d'affection.

### HENRY LE GRAND.

Combien qu'vn iour la France ait esté la maistresse
D'vne part de l'Asie & de toute la Grece,
Quand aux siecles passez les valleureux Gaulois,
Au Delphie nterroir establirent leurs lois.

Et qu'Orphé pour ce fait contre moy soit gros d'ire,
Mes glorieux exploits il sera coutraint dire,

### ORPHEE

Grands Rois ne doutez point, en cet acte legal?
Et de iuste deuoir, ie seray iuge egal?
Chantant fidellement la non mourante gloire
De celuy de vous trois qui aura la victoire.
Comme plus vieil de temps commencez, ô Grand Roy,
Qui aux peuples d'Asie ordonnastes la Loy.

### ALEXANDRE.

Tendre d'ans, dur de cœur, succedant à mon pere,
Ie voj maint peuple fier qui ses loix vitupere,
Qui voulant mespriser mon age, & mon destin,
S'éleue contre moj superbement mutin:
Mais comme vn fier torrent roulant d'vne montagne
Rauage impetueux l'honneur d'vne campagne,
Gros de fl. t, aboians, surprenant à demj
Le pasteur quis'estoit soubs vn arbre endormj:
Ou comme vn prompt esclair messager du tonnere
Ie cours, ie force, brise, & roule tout par terre.
    Puis apres maints combats, ie viens victorieux
Me seoir au trosne saint de mes braues ayeux,
Rendant par ma vertu mes estats pacifiques,
Aiant dompté vaillant diuerses republiques:
Car Astrée est tousiours à la suitte de Mars,
Et le repos s'aquiert au milieu des hazards.
    La Grece que mon pere auoit rendue esclaue,
Deuint par son trespas audacieuse & braue,
Mesprisant ma jeunesse, & superbe d'espoir,
S'éleue contre moj dedaignant mon pouuoir.
    Mais ieune aig'e qui sort audacieux de l'aire,
Pour prendre le serpent dans son secret repaire,

Apres mille combats, pleins de sang & d'effroy,
Ie l'affronte, l'attaque, & reduis à ma loy.

  Ie prends Thebes d'assaut, & fierement superbe,
Ses murs, ses hautes tours, ie fay raser sur l'herbe,
Rendant ses Citoyens de mon sort le butin,
Qui rauala des Grecs le courage mutin.
Car rien à vn public tant de fraieur n'apporte,
Que les effects de Mars que la fureur transporte.

  Chef de toute la Grece à lors ie fus nommé
Pour subiuguer le Perse en ce temps estimé,
Pour auoir combattu soubs le regne de Cyre
Le Medois conuoiteux de l'or de son Empire.

  Ie passe l'Helespont, renuerse, iette mors
Vn monde d'ennemis dessus ses moites bords?
Me fay iour au trauers de ce pays contraire,
Par mon acier brillant dont il fut tributaire.
Faisant voir dans l'Asie en mille, & mille pars
Flamboyer les harnois des Argiues soldars,
Comme en Grece autre fois les soldats de l'Asie
Les y firent briller, quand ils l'eurent saisie;
Ma valleur sacageoit, renuersoit en tous lieux
Et villes, & guerriers les plus audacieux.

  Aiant pris cent citez, i'allay dans la Sirie
Attaquer hardiment le puißant Roy Darie;
Ie le bats, le deffaicts, bien qu'il eut auec soy
Six cens mille guerriers au combat contre moy,
Prends ses filles, sa femme ensemble prisonnieres,
De ses riches butins les despouilles dernieres:
Ie ne les offençay de fuit, ny de desir,
Aimant plustost la mort qu'vn iniuste plaisir.

  Ie le veinquis depuis, où il perdit la vie,
Qui lui fut par les siens traitreusement rauie.

B iij

Ses sceptres, ses estats furent à moy deslors,
Et l'Asie en partage à mes Gregeois plus fors.

Ie poursui plus auant l'effect de mes victoires,
Subiugant plusieurs Rois ornement à mes gloires:
Ie prends Ierusalem, qui a tousiours esté
La viuante splendeur de toute autre Cité,
L'Egipte, Palestine, & de sage industrie
Ie fis edifier la riche Alexandrie,
Veinquiz les Indiens, & Porus ce grand Roy,
Qui superbe osoit bien se comparer à moy;
Il fut mon prisonnier, & guerroiant sa terre
Ie pris les Elephans qu'il menoit à la guerre.

Si Rome en ce temps-là quelque chose eust esté,
I'eusse à mon haut pouuoir son pouuoir arresté,
Mais pour n'estre qu'vn rien i'en fis si peu d'estime,
Que ie n'y ocupay mon esprit magnanime.

Auecques ces valleurs que ie raconte icy
Dignes d'vn grand loier, i'eu des lettres aussi,
Sacrifiant à Mars des gend'armes le maistre,
Et aux sœurs d'Apollon, d'vne pareille dextre.

Ie fuz courtois, benin, doux à mes ennemis,
Qu'en leurs premiers honneurs librement ie remis:
Les Grecs en feront foy, & Porus ce grand Prince
A qui ie redonné librement sa prouince:
Continent, aduisé, bridant d'vn saint deuoir,
L'impetueux effort de mon ample pouuoir.

I'acheuay ieune d'ans ces actions Royalles
Qui n'en eurent iamais ni n'auront point d'egalles:
Et i'aurois bien plus fait, si le mortel poison
N'eust mes iours terminez en leur verte saison.

Orphée, ces beaux faits peuuent ils pas suffire,
A ne me acuter les accords de ta lire?

Plus il y a de peine à parfaire vn grand faict,
Plus il y a d'honneur pour celuy qui le faict,
Plus le peril est grand, plus celebre est la gloire
De celui qui vaillant remporte la victoire,
La vertu ne s'aprend qu'au milieu des hazards,
Et à vaincre hardi de genereux soldards :
La louange n'est pas à veincre vn peuple esclaue,
Couard, effemine, mais d'en dompter vn braue :
Ce n'est point de trauail subiugant l'ennemi
Que la crainte, & la peur, surmontent à demi,
Mais bien d'en forcer vn, dont le masle courage
En a desia reduit vn fort sous son seruage.
   Alexandre fut fils d'vn Monarque puissant
Qui lui laissa mourant vn estat florissant,
Des soldats aguerris, plusieurs riches conquestes,
Et d'autres qui estoient à choisir toutes prestes.
Je fuz homme priué enfant d'vne Cité,
Où tout chacun pour lors viuoit en liberté,
Là, l'honneur, les estats, egalloient les personnes,
Et là les citoiens abhorroient les Couronnes :
Ma vertu seulement a mon honneur parfaict,
Et non pas de nature, ou du sort le bienfait,
Eleué sur ses bras au feste de mes gloires,
Non par vn pere Roi riche de cent victoires.
   Cent mille autant que moi de biens d'autorité,
Mais non pas de valleur, habitoient ma Cité :
Et ceux là par apres faisans ioug à ma dextre,
M'ont, plus qu'ils n'ont esté, valleureux fait connoistre.
Ayant en cent façons mon printems mi passé
Lors que ie feuz en âge vn peu plus auancé,
Auecques peu de gens, mais beaucoup de vaillance

Coniointe à ma valleur, on me delegue en France:
La Gaule m'eſt commiſe afin de la dompter,
Et l'Empire Gaulois au Romain adopter.

Ie ne trouuay pas là des Grecs au doux viſage,
Des Perſes ſans valleur, des Medes ſans courage,
Comme fiſt Alexandre: ains des preux aguerriz,
D'vn cœur enflé de Mars, dans les combats nourriz,
Ardents de leur honneur, ialoux de leurs franchiſes,
Et de bien conſeruer leurs deſpoüilles conquiſes.

Alexandre le ſçait qui tant & tant de fois
En ſes combats s'aida des ſuperbes Gaulois,
Gens vaillans, gens adroits, gens forts, gens d'induſtrie,
Qui auoient ſubiugué Rome, & ſon Hetrurie,
Dont la terreur reſta dans le cœur des Romains,
Les ayans puis apres ſubiuguez par leurs mains,
Comme le gouuerneur du lion qu'il eſcoute
Rugir tout furieux, timide le redoute,
Encor qu'en ſes liens il le retienne pris:
Tant vn ennemy fort eſtonne nos eſpris.

Auec tous les perils, d'vne vaillance prompte,
Et d'vn courage altier ce peuple ie ſurmonte,
Combatant ores en chef, & ores en ſoldard,
Me rencontrant touſiours au milieu du hazard.

Il ſe reuolte apres, & pour ſecours appelle
Les groſſiers Allemans pour venger ſa querelle,
Ie les ſubiugue auſſi, faits vn pont ſur le Rhin,
Batant dans ſon pais cét ennemy malin.

Encore non content, ie paſſe en Angleterre,
Conquerant aux Romains ceſte nouuelle terre:
Aucun n'auoit iamais ce grand œuure entrepris,
Auſſi nul que moy ſeul en remporte le prix,
Et bien qu'il n'y ait rien d'egalà ces victoires

Si n'eſt

Si n'eſt ce pas encor le comble de mes gloires:
Par le fer des Romains, les Gaulois ie conquiz,
Par les Gaulois apres les Romains ie veinquiz,
Car Pompee qui fut l'honneur de noſtre Rome,
Qui veinquit tant de Rois, pourquoj Grand on le nŏme,
Bien armé contre moy, comme tous ſes Romains,
Eſprouuerent l'effort de mes robuſtes mains:
Me liure le combat en nombre de cohortes
Deux fois plus que mon camp, & nŏbreuſes & fortes,
  Pendant ie ſurmontaj, ce veinqueur des grands Rois,
Auec vn petit camp mi-parti de Gaulois,
Prends Rome l'inueincue, & i'vſe de clemence,
A tous qui cedoient à mon alme vaillance,
Pere victorieux, non ennemi veinqueur,
Rendant cette valleur, ſujet de ma douceur.
  Ainſi les grands veinqueurs ſurmontent, pour reluire
Victorieux d'eux meſme, en ſurmontant leur ire.
  Ie dompte apres l'Ægipte, où d'vn bras iuſte, & fort,
Du grand Pompee occis i'allai venger la mort,
Faiſant mourir celui qui le priua de vie,
Sa couronne rendant à la mienne aſſeruie,
  L'Afrique ie ſurmonte, & mes guerrieres mains
Renuerſent de Iuba les Maures inhumains,
Et lui meſme ſentit cette dextre guerriere
L'enuoier promptement dans la funeſte biere.
  Trois camps en meſme iour vaillamment ie defis,
L'Eſpagne ie rends mienne, où pour lors les deux fils
Du grand Pompee eſtoient, abſentans ma vaillance;
Je romps ce qui faiſoit à mon bras reſiſtance:
A ma proueſſe auſſi ces mots ſurent acquis
Pour auoir tout veincu, ie vins, vei, & veinquiz.
  Le fruit le plus heureux, & la plus belle gloire

C

*Que i'allois moisonnant en si belle victoire*
*C'estoit le doux pardon que ie faisois à tous,*
*Et bien qu'en tout veinqueur, ie me monstrois plus dous.*

*Ie pardonne à chacun, & pour ma recompense*
*Rome me dedia le Temple de clemence.*
*Comme ie fus sçauant mes escrits le font voir,*
*Associant tousiours la Muse à mon pouuoir:*
*I'eu toutes les vertus, qu'aux vertus on desire,*
*Aussi pareil à moy nul n'oseroit se dire.*

*I'eusse encore plus fait surmontant inueincu*
*Les Parthes, qui auoient desia Crasse veincu,*
*Si l'ingrate trahison riualle de l'enuie,*
*Ne m'eust dans le Senat despouillé de la vie,*
*Assasiné, tué par des traistres seigneurs,*
*A qui i'auois donné la vie, & les honneurs.*
*Ie feiz en peu de temps ces excellents faicts d'armes*
*Qui me font meriter Orphée tes beaux carmes.*

## HENRY LE GRAND.

*Grands Roys, grands sont vos faits, & bien plus grand*
*Dont le Ciel s'est montré le iuste guerdonneur: (l'hõneur,)*
*Autant que le Soleil ses raions peut estendre,*
*Autant s'estend le nom du monarque Alexandre:*
*Autant qu'il va d'endroitz de ses feux redorant,*
*Autant on va le nom de Cesar reuerant:*
*L'vn le sceptre transmit des Perses en la Grece,*
*Aiant deffaict son prince & toute sa noblesse:*
*L'autre, des Grecs veincuz aux Romains glorieux,*
*Alexandre estant mort, ses fils, & ses neueux:*
*L'vn, braue & continent merite de la gloire,*
*L'autre preux, & clement est digne de memoire,*
*Deux monarques égaux: Mais ie suis bien plus grand,*
*Et mon alme valleur par tout la preuue en rend:*

Ainsi nul si parfaict en l'vniuers se montre,
Qu'vn plus parfaict que eluy tousiours, il ne rencontre;
N'estant que Dieu parfaict, qui n'a point de declin
Son estre estant de soy, son principe, & sa fin.

L'on m'a recognu tel, telle fut mon essence,
Qui de vous deux a creu l'Empire & la puissance.

Vous monarque des Grecs, ne confessez vous pas,
Que les François ont part aux los de vos combas?
Ayant veincu par eux, sans eux ne pouuaut estre
Veinqueur des ennemis, par eux vous fustes maistre,
Vous veinquistes maint peuple, & nõ pas eux qui ont,
Pour auoir tant veincu, les lauriers sur le front.

Et vous, braue Cesar, vous auez congnoissance
Qu'autre fois Rome fut esclaue de la France,
Quand ses fils l'eurent mise en leur captiuité,
Et que nul de son bras a l'effort euité,
Quelque fier ennemy qui l'ait mise en alarmes,
Elle n'a redouté que les Gauloises armes.

Or ces François si forts, dont la masle vertu
A dompté l'vniuers, & le sort combatu,
Si braues, & si preux font ioug à mon courage,
Et à mes iustes loix rendront tousiours hommage,
Eux qui veinquoient les Rois, par mon acier veincuz,
N'auoient iamais treuué si foibles leurs escuz.

C'est beaucoup de combatre vn puissant aduersaire
Qui porte le cœur gros, & la mine aussi fiere,
Bien serré, bien conduit, qui ne s'estonne point
Du bruit, du sag des morts, mais veinqueur de tout poït:
Mais c'est bien plus d'hõneur d'en dõpter vn qui mõtre,
Mille butins gaignez sur tout ce qu'il rencontre,
Qui sçait veincre tousiours, ignorant seulement,
Comme on fuit des combats veincu poltronnement.

C ij

Tels sont mes vrays François demi-dieux de la guerre
Qui sans estre veincuz peuuent veincre la terre,
Ce sont des Oceans roulans de tous costez,
Qui ne sont d'autre effort que du leur emportez.

Ces veinqueurs, ô Cesar, par qui vostre victoire
Veid son cours arresté de butins, & de gloire,
Qui vous mirent au poing le sceptre des humains,
Et la palle terreur és ames des Romains
Ont esté mon butin, mon signalé trophée,
Pour rendre d'vn beau los ma memoire estoffée.

Je n'ay pas seulement ces grands guerriers forcez,
Mais d'autres au combat pour eux mesme aduancez,
L'Espagne le sçait bien, en soldats si feconde,
Estonnant l'vniuers de l'vn à l'autre monde.

J'ay surmonté cent fois ses peuples aguerris,
Inueincuz au trauail, à la peine nourris,
Souuent victorieux, altiers, mutins & braues,
Les rendant mille fois de la vergongne esclaues.

Puis de ce mesme fer, & d'vn guerrier effort
A maints peuples armez i'ay fait sentir la mort,
Faisant enseuelir en vn charnier semblable,
Le François, le Romain, l'Espagnol redoutable,
Le Germain, le Flaman, & maint autre estranger,
Qui contre moy voulut aux conflitz se renger;
Restant victorieux de ces ames si fieres,
Qui auoient subiugué tant & tant d'aduersaires.

Vous auez bien veincu des peuples & des Rois,
Mais non comme i'ay fait, quatre ou cinq à la fois:
Vos combats ont esté d'vne seule couronne,
Les miens de quatre, ou cinq, dont la France fleuronne.

Vous auez estoffé vostre brusque vertu
De petitz Roiteletz, ou d'vn peuple battu;

*Moi de butins diuers, de nations contraires,*
*En vn iour i'honorái mes victoires entieres.*

*Qui fait beaucoup d'exploits en vn labeur bien grand*
*Digne de tous honneurs diuinement se rend,*
*Et qui peut à la fois plusieurs actes parfaire,*
*Est plus grand que celui qui n'en peut qu'vn seul faire,*

*I'appris adolescent l'exercice de Mars,*
*Eleuant mon renom au milieu des hazards,*
*Tenant de grands Heros mon illustre origine*
*Dont le nom est congnu par la ronde machine.*

*Ie fuz chef d'vn parti à l'aage de seize ans,*
*Les plus fiers ennemis de mes faicts s'estonnans :*
*Coutras sera tesmoin que mon masle courrage*
*De la temerité sceut emousser la rage,*
*Commandant or en chef, en soldat combattant,*
*Les plus forts ennemis à mes pieds abatant.*

*En quatre ans ie combats dix Roialles armees,*
*Encontre ma valleur fierement animees :*
*Depuis Arques a sçeu, Diepe, Yuri, Amiens,*
*Qu'à veincre, & pardonner, i'auois mille moiens.*

*En peu d'ans ie desfis trois batailles rangées,*
*Pris des villes trois cens que i'auois assiegées :*
*Cent cinquante combats cogneurent mes valleurs,*
*Où l'ennemi mesla son sang auec ses pleurs ;*
*Me rencontrant au front de trente cinq batailles,*
*Ie porte à l'ennemi la peur dans les entrailles :*
*Tant qu'apres que i'eu tout vaillamment surmonté,*
*Chacun viuoit heureux aux raiz de ma bonté.*

*La pieté, la foy, Themis, auec Astree,*
*Trois fois sept ans i'arreste en toute ma contree*
*Mais ce n'est encor tout, Grand Roy victorieux,*
*Cupide d'imiter le puissant Roi des cieux,*

Et le rendre par vœux à mes peuples propice,
Ie remis en honneur sa foy & son seruice,
Ses Temples, ses Autels, prophanez, abatus,
La pieté ioignant aux guerrieres vertus
Pesant l'ordre & l'estat, au poids de la iustice,
Pour le loier du bien, ou la peine du vice.

Ainsi, viuent les miens en repos asseurez,
Souz mes lauriers diuins d'oliuiers honorez,
Et pere de tous ceux que veinquit ma vaillance,
Ie les nourry de paix, d'honneur & d'esperance.

Mon siecle fut tout d'or, i'estois cest or chery,
Mon peuple l'heureux sein qui s'en voioit nourry:
Et tandis que LOVYS heritier de mes gloires,
A pres moy regnera couronné de victoires:
Qu'en son Trosne esleué mes gestes imitant,
Les sceptres de la terre il yra s'adoptant,
En luy ie reuiuré, comme il est mon image,
Où la Reine sans pair remire mon visage,
La Princesse Marie honneur des siecles vieux
Dont les faits, & les dits, sont ouurages des Cieux,
Mon espouse loialle à toutes vertus nee,
Eleue nos enfans fruit de nostre Hymenee.

Comme elle est de nature vn chef-d'œuure parfaict,
Le Roy LOVYS mon fils sera bon tout à faict,
Autant preux que clement, aussi courtois que sage,
Ses freres aprenans de ses gestes l'vsage:
Et nos Filles aussi, iamais ne peuuent pas
Suiure que sainctement de leur mere les pas.

Alexandre, & Cesar, vous n'auez ceste gloire,
D'auoir laissé des fils sujet de mainte histoire,
Des Princes qui feront plus d'actes valleureux,
Que vous n'en feistes onc en vos siecles tous deux.

Comme i'eſtois pieux, mon martial viſage
Qui flamboioit d'ardeur, en l'ardeur du carnage
En paix n'eſtoit que miel, que bonté, que vertu,
Ma main que verte oliue, au lieu de fer pointu,
Mon ame ne fut point au choc tant animee,
Qu'elle eſtoit en tout temps de clemence enflammee,
Mon cœur plus vigoureux aux combats entrepris,
Que i'eſtois doux aux bons, & aux gentils eſpris.

Ie combatois pluſtoſt pour le bien & la gloire
De tous mes ennemis, que pour autre victoire:
Ie trauaillois pour eux, prodigant par mon heur
Mon ſang, qui rachetoit leur vie de douleur.

Ie n'eſtois que courage aux étours de Bellonne,
En paix rien que douceur mon ame n'aiguillonne:
I'eſtois auſſi vaillant que courtois, & benin,
Aiant de la vengeance en horreur le venin.

Ie n'ay point eu d'égal en promeſſe, & vaillance,
Non plus qu'vn Roy pareil ne vid oncques la France:
I'eſtois Mars adouci ès bras de l'amitié,
Pour ne ſentir le fer, ains la douce pitié.

Ceux qui ont ataqué ma valleur aux alarmes,
Et qui furent iadis ſurmontez par mes armes,
Ataquants ma douceur en reſtarent veinqueurs,
Ma bonté dérobant des rebelles les cœurs.

Ie n'eſtois point leur Roy, car mon Royal courage
Ne ſe reſſentoit d'eux, pour punir leur outrage,
Mais leur pere benin, qui de mon ſang Royal
Paiois, les conſeruant, la peine de leur mal;
Pelican glorieux qui ſous mes fortes ailles
Conſeruois cherement mes ſeruiteurs fideles:
Lion qui repaiſſois de douceur, & fierté,
Ceux qui viuoient aux raiz de mon authorité.

Qui plus que moi clement a plus eu de vaillance?
Qui plus que moi vaillant a plus eu de clemence?
Au lieu de pardonner à de ses ennemis
Alexandre tua de ses plus chers amis
Son fidele Clytus, & ce sage de Grece,
Qu'Aristote donna pour guide à sa ieunesse.
Cesar bien qu'estimé sur tous Princes humain,
Fist neantmoins occir maint Senateur Romain.
Mais quel sang a iailly contre l'insigne gloire
D'auoir tousiours gaigné dessus moy la victoire?
Mon peuple encor sortoit de l'écolle de Mars,
Voioit encor les feux en mille, & mille pars,
Quand les brillans raions de ma viue clemence
Les amortissent tous auecques leur engeance,
Ainsi que le soleil lesche au sommet d'vn mont
Vne blanche gelée à momens qu'elle fond.
Ie fuz vn clair flambeau d'vne douce puissance,
D'où l'honneur & les arts reprindrent leur essence,
Et mes valleurs estoient des estrangers l'effroy,
Autant que mes vertus seruoient à tous de loy.
Et si de quelques parts que iette l'œil la France
Elle void mes effects de Royalle depence,
Ces riches bastimens qui menacent les cieux,
Surpassans les desseins des nouueaux, & des vieux.
Nul Roy n'a tant que moy senti de Dieu la grace,
Nul si parfait aussi n'auoit tenu ma place:
I'estois des vertueux le tuteur, & le Roy,
Soustenant doucement les pilliers de la foy,
Et r'aliant benin les filles de memoire,
Que ie voullu remettre en leur antique gloire,
Et mille beaux esprits, dont le profond sçauoir
En l'Eglise, au Palais chaque iour se faict voir.

Tous

Tous mes peuples auoient en moy tant de creance,
Qu'ils tenoient mes conseils pour parfaitte science,
Mes iustes volontez leur sont de sainctes lois:
Aussi me nommoient ilz, Le colonel des Roys:
Redouté, doux, aymé, les delices du monde,
L'ornement de l'Eglise, & la source feconde,
D'honneur, & de bonté, Tres-auguste, tres-bon,
Des Princes le Phœnix, Grand Henry de Bourbon.

    Ainsi ie cherissois Mauors, & la science,
Dont mille Caualiers en ont l'experience,
Et les doctes aussi, que mes communs bienfaicts,
Font reluire auiourd'huy diuinement parfaicts.

    Ie desseignois encor plus d'exploits magnanimes,
Pour l'augmentation à mes vertus sublimes,
Mais l'Enfer qui vomit vn monstre nompareil,
Pour me rendre trop tost despouille du cercueil,
Traistre, pernicieux, me desroba la vie,
De cinquante six ans, & de cinq mois suiuie.

    Qui voudroit raconter mes effectz glorieux,
Ils passent de beaucoup les nouueaux, & les vieux:
Ainsi diuin harpeur dois-tu chanter ma gloire,
Puis qu'elle est consacrée au temple de memoire:
Et que i'eusse conquis tout ce contour mondain,
Si la Parque ne m'eust attaqué si soudain.

ORPHEE.

    Ie le doibs, ô Grand Roy, car ta vertu surmonte
Tout ce que des vertus l'antiquité raconte;
Comme au plus magnanime, & genereux guerrier,
I'augmente à tes lauriers cest immortel laurier,
Et comme au plus Clement qui vescut ne qui viue,
I'ente à tes Oliuiers cette branche d'Oliue.

    Alexandre, & Cesar de tes valleurs espris

D

N'ont aucun deplaisir pour te ceder le pris,
Ny d'entendre les chants que sur mon luth d'yuoire
Ie rediré sans cesse en celebrant ta gloire.

Retournez grands Heros, au seiour bienheureux,
Prendre le doux repos deu aux Monarques preux:
Te voila donc Clion maintenant satisfaitte,
Ie suis du Grand Henry le chantre, & le poëte.

### C L I O N.

Tandis qu'en son honneur ton luth tu pinceras,
Et qu'à chanter son los ocupé tu seras,
Ie vay faire goûster de nostre onde sacrée
A Chrestien, pour vn iour d'vne plume dorée
Escrire de L O V Y S les exploits genereux,
De mesme qu'il chanta dans vn vers doucereux
Son heureuse naissance, & son sacré baptesme,
Sa plume mariant à son saint Diademe.

### O R P H E E.

Grand Henry, l'honneur des Monarques
Qui d'vn saint vol audacieux
T'éleuas aux sphæres des Cieux
Dépitant l'enuie, & les Parques:
Tu fuz du monde l'ornement,
Pour estre vaillant, & clement:
Aussi tousiours ta renommée
Sera douce à tous les espris,
Car ta gloire tant estimée,
Sur toutes emporte le pris.

Grand Henry, le dompteur des vices,
Dont iadis l'illustre grandeur
Seruoit d'vne viue splendeur
A tous les vaillans exercices,
Pour estre le Roi des guerriers,

Tes palmes ceintes de lauriers
Fleuriront en despit des âges:
Et ton Auguste souuénir
Animera les froids courages,
Pour plus valleureux deuenir.

     Grand Henry, si l'humaine race
Comme vn grand dieu t'a reueré,
Elle croit qu'au ciel azuré
Tu tiens enire les dieux ta place:
Aussi te dressant des autels
Comme l'on fait aux immortels,
On te donnera des offrandes:
Si l'on en presentoit à Mars,
Tu en merites de plus grandes,
Aiant plus couru de hazards.

     Grand Henry sur tous admirable,
Comme tu fuz en tout parfet,
Il faut celebrer en effet
Ce qui te rend recommandable:
Tu sceuz les rebelles dompter,
Et l'audacieux surmonter,
Pardonnant aux ames fidelles:
Comme le pardon te fut dous,
Toutes tes actions si belles
Seront l'instruction de tous.

     Grand Henry, tu as plus qu'Alcide
Parfait de labeurs glorieux,
Estant tousiours victorieux,
Et de maint monstre l'homicide:
Iamais encontre ta valleur
N'ont choqué les traits du malheur:
Car aux raions de ta prudence

D ij

*Fille de ton haut iugement,*
*Cheminoit tousiours ta vaillance,*
*De l'vniuers l'estonnement,*

   *Grand Henry, l'écolle des princes,*
*L'vnique miracle des Roys,*
*On eternisera tes loix*
*Par toutes les autres prouinces,*
*Et les filles de Iupiter*
*Que tu sceuz au fer adopter,*
*Ne chanteront plus que tes gloires,*
*Grauans à l'immortalité*
*Ta Clemence, auec tes victoires,*
*Comme tu l'as bien merité.*

   *Grand Henry, pere de la France,*
*A iamais sur mon luth doré*
*Ie diray ton los honoré,*
*Puis qu'au Ciel tu fais residence,*
*Et qu'il n'y eut iamais de Roy*
*Si vaillant, ny si doux que toy,*
*Ny qui plus ait faict de merueilles:*
*Tes conquestes, & tes combats,*
*Estoient des œuures nompareilles,*
*Que des mortels ne peuuent pas.*

         Sanus Incola Christi.   ✝✝✝

www.ingramcontent.com/pod-product-compliance
Ingram Content Group UK Ltd.
Pitfield, Milton Keynes, MK11 3LW, UK
UKHW021636130726
13696UKWH00005B/2228